AF370861

INSCRIPTIONES HISPANIÆ CHRISTIANÆ, edidit Æmilius Hübner.
Berolini, MDCCCLXXI, petit in-fol. de 120 pages, avec préface,
tables et carte géographique.

ARTICLE DE M. EDMOND LE BLANT.

EXTRAIT DU JOURNAL DES SAVANTS. — 1873.

Les éléments que doit fournir l'épigraphie à l'histoire des premiers
temps chrétiens se complètent de jour en jour. Une large part des
marbres de l'Italie et de l'Afrique, la collection de ceux de la Gaule,
sont déjà entre nos mains, et le savant M. Hübner vient de rendre aux
études un important service en réunissant, à son tour et au prix de longues fatigues, les anciennes inscriptions des fidèles de l'Espagne. Co-
piées sur les originaux, quand nous les possédons encore, recherchées,
quand elles ont disparu, dans les imprimés, dans les manuscrits, ces
pièces forment un fascicule qui achève utilement la collection des inscriptions païennes découvertes dans la péninsule ibérique. Des bois
gravés avec un soin particulier reproduisent les légendes lapidaires
échappées à la destruction, et une préface, des tables méthodiques,
une carte de l'Espagne indiquant les lieux qui ont fourni les monuments,
font de la publication de M. Hübner un bon instrument de travail.

Composé d'après le plan général du *Corpus Inscriptionum latinarum*,
le nouveau recueil ne joint au texte que des indications bibliographi-
ques, des notes rares et très-sommaires; mais la publication des monuments constitue à elle seule une œuvre importante, où les Espagnols,
si justement curieux des origines de leur histoire nationale, trouveront
à coup sûr de précieux documents.

Si imparfaitement que le détail de cette histoire puisse nous être
connu, à quelque degré que nous manquent les opuscules sans nombre,
les livres même publiés au delà des Pyrénées sur l'archéologie locale,
la collection de l'épigraphiste allemand nous permettra de jeter un ra-
pide coup d'œil sur des âges trop souvent pauvres en documents d'une
autre sorte, et de constater, chez les anciens fidèles de la Péninsule,
les aspirations, les croyances, et parfois aussi cette part de faiblesses humaines, qui marquent en tous lieux les premiers pas de la communauté
chrétienne.

Dès les premiers siècles de notre ère, le sort a fait de l'Espagne l'un

1

des pays les plus désolés. Successivement éprouvée par les violences des païens idolâtres, par les invasions des barbares et les brigandages des Bagaudes, elle subit encore, à compter de l'an 711, les misères d'une occupation, puis d'une persécution sanglante; mais le dévouement de ses pasteurs, ardents à confondre la cause du christianisme avec celle de la patrie, la soutiendra dans ces douleurs.

Là, comme ailleurs, les désastres et le retour de l'ignorance suspendent pour un temps l'usage de graver des inscriptions sur le marbre; l'absence de ces monuments s'y prolonge moins toutefois qu'en Italie et dans la Gaule. Dès la fin du viiie siècle, où nous la constatons, les inscriptions commencent à reparaître, en même temps que les écrivains reprennent leur œuvre interrompue. C'est le fruit des efforts du clergé continuant à défendre, contre une invasion nouvelle, la foi chrétienne et le noble amour des lettres, comme il l'avait fait autrefois contre les envahisseurs de race germanique, si fiers d'afficher pour l'étude leur éloignement et leur superbe dédain[1].

Dans les provinces mêmes que tiennent les Arabes persiste l'étude du latin, cette langue officielle du christianisme de l'Occident. Au ixe siècle, un prêtre de Cordoue, Eulogius, rapporte à la fois dans sa ville natale des manuscrits de saint Augustin, de Juvénal, d'Horace, d'Avienus[2]; les écrits du clergé se multiplient, et si, contrairement à la loi commune, les inscriptions chrétiennes ne se montrent plus dans ces régions où les lettres latines se maintiennent en honneur, la cause en doit être cherchée dans les circonstances toutes d'exception où cette partie de l'Espagne était alors placée.

Ainsi que dans notre pays, les marbres écrits paraissent en Espagne bien longtemps après que l'histoire y constate la présence des fidèles. On n'y a point encore rencontré de monuments remontant à l'époque où saint Cyprien déplore la chute de quelques apostats[3], à celle où les martyrs de Tarragone, de Sarragosse, relevèrent, au prix de leur sang, l'honneur de l'Église naissante[4].

C'est seulement en 462, à en juger par les dates exprimées, que

---

[1] Procope, *De bello gothico*, I, 2. — [2] « Secum librum civitatis beatissimi Augustini et Æneidos Virgilii, sive Juvenalis metricos itidem libros atque Flacci satyrata poemata, seu Porphyrii depicta opuscula, vel Adhelelmi epigrammatum opera, nec non Avieni fabulas metricas, et hymnorum catholicorum fulgida carmina, cum multis minutissimarum causarum ex sanctis quæstionibus multorum ingenio congregatis, non privatim sibi, sed communiter studiosissimis inquisitoribus reportavit. » (Alvarus, *Vita et passio S. Eulogii*, c. iii, § 9.) — [3] *Epist.* xlviii, ad clerum et plebem in Hispania consistentes. — [4] Ruinart, *Acta sincera*, édit. de 1713, p. 219, Acta S. Fructuosi, Eulogii et Augurii; Prudent. *Peristeph.* Hymn. iv.

s'ouvre la série des monuments lapidaires chrétiens de la Péninsule,
et, si j'excepte une *tabula patronatus* du ive siècle [1], parmi les quelques
marbres qui ne portent pas de mention chronologique, je cherche vaine-
ment des légendes dont les symboles, le style, accusent un âge de beau-
coup antérieur. Rien de pareil, en Espagne, à notre très-antique épitaphe d'Aubagne, à ce précieux marbre de Marseille, que l'on tient
justement, à mon avis, pour l'inscription d'une famille chrétienne con-
damnée au bûcher, vers le temps de Marc-Aurèle [2]; rien qui rappelle
le laconisme tout primitif de quelques légendes de Vaison ou de cette
inscription nouvellement sortie des fouilles de Maguelone [3] :

VERA IN PACE

Au moment où nous rencontrons, sur le sol de l'Espagne, la première épitaphe d'un fidèle, le pays est aux mains des barbares; mais ses
prêtres ont su braver les périls de l'invasion et, sous leur sauvegarde,
la Péninsule est demeurée terre chrétienne. La renommée de leur dévouement s'est étendue au loin, et saint Augustin les signale comme des
modèles à imiter : « Quelques évêques, dit-il, ont quitté l'Espagne, alors
« qu'une partie de leurs troupeaux s'était enfuie, avait péri sous le fer de
« l'ennemi, dans les misères des siéges, ou s'était vu disperser par la cap-
« tivité. Mais un bien plus grand nombre de saints pasteurs, bravant
« l'immensité des périls, est resté pour le soutien de ceux qui demeu-
« raient. Quelque peu du peuple de Dieu qui ne se soit pas éloigné, notre
« ministère lui est si nécessaire, qu'il n'en doit point être privé; devant
« les dangers qui nous menacent, nous n'avons plus qu'à dire au Sei-
« gneur : sois notre protecteur et notre rempart [4]. »

Ce n'éta it pas là une vaine montre de dévouement. « L'entrée des bar-
« bares, dit Paul Orose, a rempli l'Espagne de dévastations et de meur-
« tres [5]. » Les Goths, les Suèves, avec eux les Bagaudes formant leurs
bandes à la faveur du désordre de l'invasion, sèment partout la désola-

[1] *Inscriptiones Hispaniæ christianæ*, n° 127. — [2] *Inscriptions chrétiennes de la
Gaule*, n°° 548 A et 551 B. — [3] Ce monument, qui m'est signalé par mon savant
confrère M. Egger, a été trouvé par M. Fabrege, de Montpellier, dans le dallage
de l'église de Maguelone. La découverte de ce beau marbre, que la simplicité de sa
légende (cf. de Rossi, *Inscript*. t. I, p. cx et 39), la forme de ses caractères, re-
portent à un âge ancien, atteste une fois de plus l'antiquité du christianisme dans
nos provinces du sud. (*Inscriptions chrétiennes de la Gaule*, préface, p. xlii, xliv.)
— [4] S. August. *Epist.* ccxxviii, Honorato, § 1 et 5 — [5] VII, xli.

tion et le carnage, dévastant les églises, égorgeant ou emmenant captifs le clergé, les fidèles. En 449, l'évêque de Tirazone, Léon, est tué au milieu de son troupeau. A Braga, sept années après, les basiliques sont renversées, les autels brisés, les vierges du Seigneur arrachées au saint lieu, les prêtres dépouillés même de leur dernier vêtement; à Luco, en 460, les habitants, confiants dans la sainteté des jours de Pâques, périssent sous le fer des ennemis[1]. Telles étaient les souffrances d'une contrée asservie par des maîtres sauvages[2], et où les déchirements de l'anarchie venaient combler les maux de l'invasion[3].

La fièvre du mal s'éteint pourtant et la paix se fait dans les cœurs. Catholiques ou ariens, les Goths courbent le front sous la loi du doux Maître, et, symboles, en Espagne comme ailleurs, de l'apaisement, du calme reparu, les inscriptions chrétiennes naissent et se multiplient.

Mais l'ère des troubles et des désastres n'était point fermée. Plus longue et plus redoutable encore, une autre épreuve attendait la Péninsule. Au début du viiie siècle, elle devait subir, sous l'étreinte des musulmans, le sort de tout pays qui s'abandonne. Livrées ou à peine défendues, ses cités tombent aux mains ennemies. Alors commence une ère de troubles et de douleurs qu'attestent des marques trop nombreuses. Si, chez quelques-uns des vaincus, les nouveaux maîtres trouvent parfois la résignation, la soumission même, s'ils rencontrent des renégats, des instruments, parmi les ambitieux, la masse du peuple espagnol conserve, avec sa foi, la haine sainte de l'envahisseur.

Entre fidèles et musulmans, la séparation reste profonde. D'un côté ceux qui mettent en pratique le précepte du calife Omar : « Nous devons « *manger* les chrétiens et nos descendants doivent manger les leurs tant « que durera l'islamisme[4]; » en face d'eux, les martyrs de Cordoue et ces nobles vaincus de Secunda qui se laisseront égorger en masse plutôt que de renier le Christ[5], voilà les hommes que la conquête met en présence sur le sol de l'Espagne.

Le vide se fait devant les vainqueurs.

De 812 à 844, nos capitulaires, nos chartes, nous montrent les Espagnols abandonnant le sol natal pour se soustraire à un joug détesté[6]. En

---

[1] Idatius, *Chronic.* a[s] 449, 456, 457, 460. — [2] Montanus, *Epist. ad Theorribium*, dans Florez, *España sagrada*, t. V, p. 415. — [3] S. Leo, *Epist.* xv, ad Turribium : « Ex quo autem multas provincias hostilis occupavit irruptio, executionem « legum tempestates interclusere bellorum. » — [4] Dozy, *Histoire des musulmans d'Espagne*, t. II, p. 50. — [5] Dozy. t. II, p. 287. — [6] Baluze, *Capitul.* t. I, p. 499 et 569; t. II, p. 26 (années 812, 816, 844); Dom Vaissette, t. I, p. 517, 535, 537, et *Preuves*, p. 74, 77, 84 (années 838, 843, 844), etc.; S. Eulogius, *Epist.* iii, ad

vain nous vient-on rappeler ces vieux traités de tolérance si promptement oubliés et violés, qu'avait concédés tout d'abord la politique musulmane; en vain nous vante-t-on le sort des chrétiens asservis; en vain cite-t-on quelques vaincus se courbant sous la main étrangère[1]. Interrogeons les marbres : cette migration qu'attestent nos documents du ixe siècle, les relevés de l'épigraphie nous la montrent s'accomplissant au début même de la conquête. Dès la date de l'invasion (711), les inscriptions chrétiennes, jusqu'alors si fréquentes en Lusitanie, en Bétique, disparaissent tout d'un coup de ces provinces, et, jusqu'à l'an 923, les temps s'écoulent sans qu'on y relève d'autres textes de forme épigraphique que trois légendes composées par Alvarus et par Cyprianus, et qui furent sans doute gravées des tombes chrétiennes de Cordoue[2].

C'est ainsi qu'en l'an 410, quand Rome est prise par Alaric, les inscriptions des catacombes s'arrêtent[3]; c'est ainsi que, devant l'invasion des Francs, les marbres chrétiens manquent tout d'un coup dans cette noble ville de Trèves où ils avaient été si nombreux auparavant[4].

De même qu'autrefois Trèves et Rome, le midi de la Péninsule se fait désert devant l'invasion; la Galice, les Asturies, gardent ce qui reste de l'Espagne. Là s'est réfugiée la meilleure part de ceux qui veulent que la patrie revive. Au ixe, au xe siècle, les inscriptions, presque disparues dans le reste de la contrée, se montrent en grand nombre dans le nord-ouest, si pauvre jusqu'alors en légendes lapidaires.

Comment les fidèles demeurés sous le joug arabe, dans les provinces du sud, ont-ils subitement cessé de graver des inscriptions ? L'histoire de ces lieux, de ces temps, suffira à le faire comprendre.

On a remarqué que, dans les cimetières à ciel ouvert, où les anciens chrétiens se sentaient moins libres que dans les profondeurs des catacombes, les épitaphes, les symboles, sont souvent absents ou cachés à l'intérieur des tombeaux[5]. La sécurité semble donc avoir été la condition première de la libre production des inscriptions chrétiennes.

Wiliesindum, § 1; Alvarus, *Vita S. Eulogii*, § 9; Du Cange, v° *Aprisiones.* — [1] Voir Gibbon, chap. xli. et l'intéressant ouvrage de M. Dozy, t. II, p. 41. — [2] Florez, *España sagrada*, t. XI, p. 527. S'il s'agit là d'inscriptions réelles et non de compositions de fantaisie, les deux premières ne sauraient qu'attester une fois de plus l'état de trouble où vivaient à cette époque les chrétiens de Cordoue. Écrites pour un confesseur, un martyr, victimes des Arabes, elles concourent en effet à montrer ce que souffrirent, sous le joug étranger, ceux que la nécessité ou le devoir enchaînaient dans les contrées envahies. — [3] De Rossi, *Inscr. christ. urbis Romæ*, t. I, p. 250. — [4] *Inscriptions chrétiennes de la Gaule*, préface, p. xlv et suivantes. — [5] De Rossi, *Bullettino archeologico cristiano*, 1871, p. 87.

Au VIIIe, au IXe siècle, nous voyons se renouveler, en Espagne, les actes d'agression qui avaient autrefois condamné les fidèles à la prudence.

Ceux que des liens trop difficiles à rompre avaient retenus dans les terres du sud, les prêtres demeurés auprès d'eux pour les assister, les soutenir, telle était la population chrétienne demeurée sous la main des Arabes.

Ce que fut leur sort, nous l'apprenons par les auteurs, par les compagnons de leurs misères. Églises fermées, détruites ou arrachées aux fidèles, mépris des traités consentis, menaces de violer les chrétiennes, contributions écrasantes, défense d'ensevelir les martyrs, confiscations arbitraires, sommation d'abjurer sous peine de la vie, destruction des sépultures, voilà les actes des gouvernants[1], et la populace musulmane ne s'appliquera que trop à dépasser les exemples donnés par les maîtres.

« Nul de nous, écrit-on alors, n'est en sûreté parmi les infidèles. Si « la foule reconnaît un prêtre, elle éclate en invectives, en moqueries, « lui jetant des pierres, criant « au fou ! » Quand sonne l'heure de la « prière, des malédictions, des injures retentissent de toutes parts. Lors- « que passent les convois de nos morts, les musulmans s'écrient : « Dieu, « ne leur faites pas miséricorde ! » et ils nous couvrent de projectiles, d'or- « dures, semant des tessons sur notre passage, branlant la tête avec mé- « pris et chantant des chansons outrageantes[2]. »

Voilà ce que souffrirent, jusqu'à l'heure des dernières violences, des malheureux dont la fierté n'avait oublié ni l'ancienne splendeur de leur Église, ni celle de la noble Patricia, devenue témoin de tant de maux[3].

Les cœurs s'échauffaient à ces souvenirs et les vaincus sentirent se réveiller en eux cette ardente soif de mourir pour le Christ qui avait autrefois saisi leurs pères. Alors s'ouvrit cette persécution, plus longue que celle de Dioclétien même, cette ère sanglante où périt, avec tant d'autres victimes, le généreux Euloge, qui, avant de suivre les martyrs, s'était fait l'historien de leurs combats, le champion de leur gloire méconnue par les faibles, et le soutien de leur courage.

L'âge des insultes, des poursuites, avait reparu, et, devant les violations de leurs tombes, les outrages faits à leurs morts, devant le retour

---

[1] Eulogius, *Memoriale sanctorum*, l. I, c. XXI; l. III, c. III, v, et x, § 9; *Documentum martyriale*, IV, XI; *Epist.* III ad Wiliesindum, § 12; *Apologeticus*, § 22; Alvarus, *Indiculus luminosus*, § 3, 6, 35; Samso, *Apologeticus*, l. II, præf. § 5; Isid. Pacensis, *Chronic.* § 36; *Annales Bertiniani*, a° 845; Mabillon, *Acta SS. ord. Bened. sæc.* V, p. 407; Dozy, t. II, p. 49, 50, 267, 344. — [2] Alvarus, *Indiculus luminosus*, § 6; Eulogius, *Memoriale sanctorum*, l. I, c. XXI. — [3] Eulog. *Mem. sanct.* l. I, c. XXX; Isid. Pacens. *Chronic.* § 36

des épreuves qu'avait subies l'Église naissante, les chrétiens demeurés sous le joug des infidèles durent supprimer tout signe extérieur de leurs sépultures, s'imposant de nouveau, dans les pratiques funéraires, les règles de prudence suivies par leurs ancêtres.

Ainsi me paraît s'expliquer, d'après les renseignements fournis par des faits constatés sur d'autres points, la disparition des inscriptions chrétiennes dans le sud de l'Espagne, dès la venue des musulmans. A côté des nombreux récits des persécutions du ixe siècle, les vides de l'épigraphie attestent, pour ce temps, même pour un âge plus ancien, et l'émigration des fidèles et la rigueur des entraves apportées à la liberté de leur culte. Ici donc, et de même qu'en Gaule, en Italie, le développement, la répartition des légendes lapidaires, leurs suppressions, leurs déplacements subits, deviennent comme autant de marques de ce que furent les conquêtes, les épreuves de l'ancienne Église, graves témoignages qui, tour à tour, appuient les données de l'histoire et la complètent dans ses lacunes.

Bien qu'elles aient cru pouvoir, en se fondant sur d'illustres exemples, mais à coup sûr contre les règles posées par l'ancienne discipline[1], s'offrir d'elles-mêmes au martyre[2], les victimes des mahométans ont été inscrites par l'Église au nombre des saints. La vénération publique avait d'ailleurs acclamé leur courage, et la gloire de leur nom s'était rapidement répandue : un livre d'Aimoin nous apprend en effet que, sous le règne de Charles le Chauve, deux religieux de Saint-Germain-des-Prés allèrent jusqu'à Cordoue, bravant de grands périls, pour y chercher les restes de trois martyrs de 852, Georges, Aurelius et Natalie[3]. Quel qu'ait été le culte attaché au souvenir des chrétiens qui souffrirent à cette époque, deux d'entre eux seulement sont nommés dans les inscriptions de la Péninsule, si toutefois nous devons accepter comme des textes épigraphiques les vers composés par Cyprien pour le confesseur Jean et le martyr Euloge[4]. Les listes de reliques, qui se montrent si nombreuses sur les monuments lapidaires de l'Espagne, rappellent fréquemment, au contraire, les vieux saints du pays dont l'imposante mémoire suffit parfois à le garder contre les violences des barbares[5] : Janvier, Fauste et Martial[6],

---

[1] Euloge, *Memor. sanctor.* l. 1, § 21 à 24. — [2] *De martyrio S. Polycarpi*, c. iv; *Acta procons. S. Cypriani*, c. 1 (*Acta sincera*, éd. de 1713, p. 38 et 216); S. Cyprian. *Epist* lxxxiii Ad clerum et plebem, de suo secessu, § 2; *Concil. Illiberit.* c. ix; S. August. *Brevicul. collat. cum Donat.* Dies III, c. xiii, § 25. — [3] *De translatione sanctorum Georgii, Aurelii et Nathaliæ*, auctore Aimoino. — [4] Nos 217, 218. — [5] Idat. *Chronic.*, n° 456 : « Theudericus, Emeritam deprædari volens, beatæ Eulaliæ « martyris terretur ostentis. » (Cf. Procop. *De bello Goth.* l. I, c. xxiii, etc.)— [6] Je lis au-

Fructueux, Augure et Euloge, Juste et Pasteur, Vincent, Aciscle, Servand [1], et tant d'autres qui, sous les empereurs païens, répandirent leur sang pour le Christ. Puis, par une sorte de communauté de dévotion et de coutume dont les monuments des deux pays nous donneront d'autres marques, les noms de l'Espagnole sainte Eulalie, du Gaulois saint Baudèle, figurent sur des marbres de la première Narbonaise et de la Viennoise [2], en même temps que sur ceux de la Péninsule [3].

trement que M. Hübner la légende du monument (n° 175) où je reconnais ces trois noms. C'est un marbre trouvé à Guadix, et qui porte la mention suivante :

RECONDITESVNICRELIQ. . . .

. . . . .SCORS . . . .

. . . . ARIĒMARTIAL

Le savant allemand restitue *Sanctorum T* (Sive *P*. . . . (? *ma*) *rite Martialis*, où je crois voir *SanCtOR Fausti Janu* ARI ET MARTIAL*is*, c'est-à-dire les noms de trois saints illustres de Cordoue, martyrisés le même jour, et qui figurent d'ailleurs ensemble dans l'inscription n° 126 du recueil de M. Hübner.

Sur le monument qui nous occupe, la ligne

SERASĪEPROTAS

où M. Hübner voit *Servasite Protasii* me paraît contenir les noms pour ainsi dire inséparables (Mosaïques de Saint-Ambroise à Milan, de Saint-Vital à Ravenne; Gruter, p. 1158; *Inscr. chrét. de la Gaule*, n° 412, Hrabani Mauri *Poemata*, *Opp.* t. III, p. 220, etc.) de deux autres saints non moins célèbres, et devoir être lus *Gervasii et Protasii*. Voir, pour les *G* en forme d'*S*, mes *Inscriptions chrétiennes de la Gaule*, t. II, n° 616 B; Ch. Robert, *Revue numismatique*, 1863, pl. XVII, n°s 5 et 8, etc.).

Puisque j'ai parlé de noms propres, on me permettra de noter ici mon hésitation à admettre celui de TALE, que le savant épigraphiste propose de lire dans l'inscription suivante, donnée par lui d'après une copie (n° 136 et *Index nominum*, p. 113).

RECES SE TALE PIVS IN NOMENE XP ANNO
RVM XII X K NOVEMBRIS ERA DXXII

J'incline plutôt à reconnaître, dans ce texte, le nom si répandu d'Alypius et à lire : *Recesset Alepius in nomine Christi*, etc. — [1] N°s 57, 80, 85, 88, 89, 110, 111, 126, 140, 175, 255, 263. — [2] *Inscr. chrét. de la Gaule*, n°s 610 et 708. — [3] *Inscr. Hisp. christ.* n° 57, etc.

C'est entre les années 630 et 662 que se classe la plus grande part
des listes de reliques si fréquentes sur les marbres de cette contrée, et
dont il me suffira de transcrire ici une seule

> HIC SVNT RELIQVI*æ*
> *sc* RM CONDITE· ID [1]
> *sc* I STEFANI · IVLIANI
> . . .ICI IVSTI PASTOR*is*
> *Fr*VCTVOSI AVGVRI
> *Eu*LOGI. ACISCLI. ROM
> *an*I. MARTINI. QVIRICI
> *e*T ZOYLI MARTYRVM
> DEDICATA HEC BASI*li*
> CA ☩ XVII FAL
> *j*ANVARIAS ANNO SE
> *c*VNDO PONTIFICA
> *t*VS PIMENI. ERA DC
> LXVIII [2]

D'après l'âge de ces monuments, il serait, je crois, difficile d'affirmer
qu'il puisse s'agir ici de reliques réelles. Le sens que nous attachons
à ce mot ne lui était pas, en effet, toujours attribué par les premiers
chrétiens. Saint Grégoire le Grand, qui mourut au commencement du
vii*e* siècle, c'est-à-dire à une époque voisine de celle de nos inscriptions,
dit formellement que, dans tout l'Occident, on regarde comme un acte

---

[1] *Id est*, je crois, et non *Illustrium*, suivant la lecture proposée par le savant M. Hübner,
pour cette inscription, comme pour plusieurs autres (n°⁵ 80, 90, 166). Cette formule
est fréquente sur les marbres (Boldetti, p. 54; Marini, *Papiri diplomatici*, p. 327),
surtout lorsqu'il s'agit, comme ici, d'une énumération. (*Inscriptions chrétiennes de la
Gaule*, n° 379 : RELIQVIT LIBERTVS (*libertos*) ID EST SCVPILIONE GERON-
TIVM BALDAREDVM LEVVERA OROVELDA ILDELONE; n° 621 : TRES
FILI. . . . ID EST IVSTVS MATRONA ET DVLCIORELLA.) Elle se lit
d'ailleurs en toutes lettres sur l'une des autres inscriptions de reliques que publie
M. Hübner: SVNT IBI RELIQVIE CONDITE ID EST DE *Ligno Domini* ?. . . .
(n° 267). — [2] N° 85.

sacrilége de toucher aux corps saints. Quand les Romains, ajoute-t-il, donnent des reliques, ils se gardent d'une telle profanation, qui appellerait sur les coupables la colère céleste [1]. Quelques années après, nous disent les chroniqueurs, lorsque Clovis II, « poussé par le démon, » détacha un bras du corps de saint Denis, ce forfait attira sur le pays de terribles désastres [2]. Aussi les reliques offertes par saint Grégoire le Grand à la reine Théodelinde, et que possède encore l'église de Monza, ne furent-elles que des fioles d'huile puisées dans les lampes qui brûlaient devant les sépultures des saints [3]. C'était donc, suivant toute apparence, en fioles de ce genre ou en quelques objets ayant touché les tombeaux des martyrs [4], que devaient consister les reliques mentionnées par les marbres espagnols du vii° siècle. Les *reliquiæ* de saint Vincent et de saint Félix colportées en Gaule par un personnage venant d'Espagne, et que le clergé de Tours fit, tout d'abord, déposer sur l'autel, n'étaient en effet, annonçait-on, que des ampoules de verre remplies d'huile sainte [5]. La Péninsule a, d'ailleurs, gardé longtemps, si elle ne le fait encore à cette heure avec l'Italie [6], une grande vénération pour l'huile puisée aux lampes sacrées. C'est ainsi qu'au xvii° siècle le cardinal de Retz cite, pour l'avoir vu à Saragosse, un homme auquel, d'après le témoignage d'une foule immense, l'huile des lampes de Notre-Dame-del-Pilar aurait rendu l'usage d'une jambe [7].

« Quelque part que me jette le sort, disait Orose dans une page élo-« quente, les mêmes lois dominent dictées par le même Dieu. Romain, « chrétien, partout je rencontre des chrétiens, des Romains [8]. » Devant

---

[1] *Epist.* iii, 30, Constantiæ Augustæ. — [2] *Gesta Regum Francorum*, c. xliv; cf. *Gesta Dagoberti*, c. lii (Duchesne, t. I. p. 589 et 717). — [3] Marini, *Papiri diplomatici*, p. 208 et 377. Voir les dessins de ces *ampullæ* publiés pour la première fois en totalité dans le beau livre du Père Garrucci, *Storia della arte cristiana*, tav. 432, 433. — [4] Greg. Turon. *De glor. mart.* xxviii; Greg. Magn. *Epist.* III, xxx, Constantiæ Augustæ, etc. — [5] Greg. Turon. *Hist. Franc.* IX, xvi. Le saint évêque donne ailleurs le nom de *reliquiæ* à des débris de *palla*, à une fiole d'huile rapportée des tombes de saint Martin et de saint Julien. (*De mirac. S. Jul.* XXXIV; *Glor. confess.* IX.) C'est par une extension semblable de ce mot que s'explique la mention de la présence dans plusieurs localités de l'Espagne (Hübner, nᵒˢ 57, 80, 89, 175) des reliques de sainte Eulalie, dont le corps, nous dit Grégoire de Tours (*Glor. mart.* 1, 91), reposait à Emerita. — [6] A Rome, en 1857, j'ai vu prendre pour s'en signer au front et emporter dans des fioles l'huile d'une lampe allumée devant une Vierge miraculeuse, la *Madona del parto* de l'église Saint-Augustin. — [7] *Mémoires du cardinal de Retz*, l. V, à la fin. Éd. Petitot, t. III, p. 281. Les relations de cures miraculeuses obtenues de la sorte sont, on le sait, fréquentes chez les auteurs anciens. (S. August. *Civ. Dei*, XXII, vii, pour le fils d'Irénée; Gregor. Turon. *Mirac. S. Mart.* II, li; III, xviii; Fortunat. *Vita S. Mart.* IV. v. 690, etc.). — [8] V. 2.

la nouvelle série de monuments que nous offre **M. Hübner**, je ne puis
me défendre de songer à ces paroles; ces mêmes lois religieuses qui
régissent la forme des inscriptions chrétiennes en Gaule, en Italie, en
Afrique, lois sans doute non écrites, mais dont tant de marbres attestent
l'existence, l'observation fidèle, je les revois appliquer en Espagne,
comme dans le reste de l'Occident. Que le nom du mort soit germanique ou romain, quelle que soit sa race, l'épitaphe est conçue, rédigée
d'après la règle commune; la mention des liens d'ici-bas, parenté, patrie,
profession, condition, en est absente; le défunt y est appelé *Famulus
Dei*, et ce titre, que l'épigraphie funéraire des chrétiens n'applique qu'aux
morts, remplace toute désignation terrestre. J'ai expliqué ailleurs comment s'étaient effacées peu à peu ces indications courantes sur les
marbres des païens, comment toutes les attaches humaines disparais-
saient dès l'heure de la mort, pour le fidèle mis en présence de Dieu [1];
il me suffira de constater ici, dans une nouvelle série de monuments,
la confirmation d'une règle que tant d'autres marbres avaient déjà mise
en lumière.

En même temps que ces prétéritions, l'usage fait en Espagne des
formules et des symboles familiers aux autres contrées, la Colombe [2],
le Poisson mystérieux [3], les mots sacramentels IN PACE, IN HOC SAE-
CVLO, DEPOSITIO, FAMVLVS DEI [4], l'adoption de noms à sens chrétien [5],
tout concourt à montrer chez les fils de l'Église une communauté absolue dans les coutumes, dans l'expression, comme dans la pensée.

En ce pays, aussi bien qu'ailleurs, le souci de la sépulture, que condamne l'esprit de détachement, apparaît dans les épitaphes que les
chrétiens se préparent à l'avance [6]; le jour solennel de la dédicace s'inscrit sur la façade des églises, pour être annuellement célébré [7]; les
anniversaires des promotions à l'épiscopat servent de date et deviennent des jours de fête [8]; des noms nouveaux sont adoptés au bap-

---

[1] *Inscr. chrét. de la Gaule*, n° 57. — [2] Nᵒˢ 35, 45, 56, etc. — [3] Nᵒˢ 43 et 164. —
[4] Formule particulièrement fréquente en Espagne. Je crois la retrouver dans l'inscription aujourd'hui perdue (n° 118)

✝ HIC REQVIESCIT EMS DI VITALIS

où le savant M. Hübner incline à lire EMerituS DominI. Les *F* en forme d'*E* ne
sont pas rares sur les marbres de l'Espagne. — [5] N° 2. — [6] N° 174. —
[7] Nᵒˢ 50, 80, 85, etc.; cf. A. Mai, *Collectio Vaticana*, t. V, p. 161, n° 3, etc. —
[8] Nᵒˢ 88, 110, 111, 116; cf. *Inscr. chrét. de la Gaule*, n° 609, etc.; S. August.

tème[1]; les pèlerins viennent en foule s'inscrire dans les sanctuaires, sur les autels de Dieu[2]; les songes sont tenus pour des avertissements célestes[3]; la mort est saluée comme l'heure de la délivrance[4]; les chrétiens souhaitent d'être ensevelis dans les églises[5], auprès des saints dont ils espèrent partager la résurrection glorieuse[6], alors que le monde, disent-ils, s'évanouira dans un vaste embrasement[7]; la croix est invoquée comme une arme tutélaire contre les attaques du démon[8].

Là se trouve le vrai, le seul secours, et le fidèle est condamnable s'il cherche ailleurs protection et refuge; mais ce précepte, que saint Chrysostome proclamait du haut de la chaire de Constantinople[9], on l'eût pu sans doute redire aux chrétiens de l'Espagne, car eux aussi faisaient usage des phylactères condamnés par l'Église.

J'en ai pour garants ces mots gravés sur une gemme que M. Hübner enregistre parmi les monuments antiques trouvés dans le pays[10] :

OSNONC

OMINVE

ΛISESEO

formule secrète et magique qui nous est signalée, au xvie siècle, comme anciennement employée pour préserver des maux corporels[11]. Il s'agit ici, le lecteur l'a déjà vu, des paroles que saint Jean emprunte à l'Exode pour les appliquer à la passion du Christ : *Os non comminuetis ex eo*[12]. C'est là, si, comme le donne à penser M. Hübner, la gemme qui nous

---

Sermo CXI *in fine; Epist.* CVIII, Macrobio, c. ii, § 5, etc. — [1] N° 2 cf. Greg. Turon. *Hist. Franc.* I, xxxiv, V, xxxix ; VIII, xxii ; *Excerpta de Odoucre, Theodorico,* etc., à la suite de l'Ammien Marcellin de Wagner, t. I, p. 620. — [2] N°[s] 190 et 272 ; cf. *Inscr. chrét. de la Gaule,* n°[s] 91 et 609. M. Raymond vient de signaler à la société des antiquaires de France des proscynèmes de même nature tracés sur des colonnes dans l'église de Bielle (Basses-Pyrénées). — [3] N° 142. — [4] N° 142. — [5] N° 99. — [6] N° 158; cf. *Inscr. chrét. de la Gaule,* n° 419. — [7] N° 158; cf. Minut. Felix, *Octavius,* c. x et xxiv, la note de Le Nourry sur ces textes, et Dom Calmet, *Dissertation sur la fin du monde.* — [8] N°[s] 10, 253, 268, etc. — [9] *Homil. VIII in Epist. ad Coloss.* § 5. — [10] N° 208. —[11] Tabourot, *Les bigarrures du Seigneur des Accords,* chapitre Des faux sorciers et de leurs impostures (Paris, 1594, in-12, t. II, f° 81). Thiers, *Traité des superstitions,* t. I, p. 410 et 490, où le savant curé de Vibray cite notre passage que Del Rio ne fait qu'indiquer vaguement, pour éviter, dit-il, que l'on n'en fasse abus (*Disquis. magic.* l. III, p. 2, q. 4, sect. 8. Moguntiæ, 1603, in-fol., t. II, p. 102). Le vieux jurisconsulte, Hippolytus de Marsigliis, auquel Tabourot se réfère, nous apprend que, suivant l'opinion commune, la récitation entière du texte de la Passion de saint Jean était employée comme un préservatif contre les douleurs de la torture. (*Practica causarum criminalium,* § nunc videndum, num. 52. Lugd. 1532, in-fol.) — [12] XIX, xxxvi.

occupe est d'un âge ancien, c'est là, dis-je, un fait à rapprocher du traité
où saint Augustin dit que les chrétiens plaçaient sous leurs têtes, lorsqu'ils étaient malades, l'évangile de saint Jean, qui pourtant, selon son
expression, « n'a pas été écrit pour cet usage. Mieux vaut cela toutefois,
« ajoute-t-il, que de recourir aux ligatures magiques [1]. »

Ainsi, comme dans les autres pays, se retrouvent dans la Péninsule
et les actes que l'Église encourage, et les faiblesses qu'elle condamne.

Par plus d'un côté encore les inscriptions chrétiennes de l'Espagne
se montrent les vraies sœurs de celles que nous ont gardées les autres
contrées.

C'est par les paroles de Jacob qu'elles expriment, comme on le fait
en Gaule, la vénération qu'inspire la majesté des basiliques [2]; c'est par
le célèbre verset de Job qu'elles proclament, comme nous le voyons
ailleurs, la foi chrétienne en la résurrection [3]; c'est d'une belle et ancienne formule qu'elles s'inspirent pour désigner les saints, connus de
Dieu, ignorés des hommes, qui périrent dans les grands massacres fréquents au temps des persécutions païennes, et que l'Espagne devait re-
voir sous la domination arabe [4]. Si quelque révélation inattendue fait
retrouver une tombe sainte, c'est Dieu lui-même qui l'indique, redisent
les chrétiens espagnols, comme l'avait fait autrefois saint Damase [5]. Dans
la Péninsule, comme en Gaule, et dans les mêmes termes, le fidèle se
proclame racheté par la mort de Jésus-Christ [6].

[1] *In cap. I Joh. Tract. VII*, § 12 : «non quia ad hoc factum est, sed quia
« prælatum est Evangelium ligaturis. » — [2] *Inscr. Hisp. christ.* n° 240 : ECCE
DOMS DHI ET PORTE CAELI; *Inscr. chrét. de la Gaule*, n° 177 : LOCVS ISTE
VERE TEMPLVM DEI EST ET PORTA COELI. — [3] *Inscr. Hisp. christ.*
n° 95 : CREDO QVOD REDEMPTOR MEVS VIVET ET IN NOVISSIMO
DIE SVSSITABIT PELEM MEAM ET IN CARNE MEA VIDEBO DOMI-
NVM. Voir, dans ma *Note sur une représentation inédite de Job*, les inscriptions sem-
blables trouvées dans les autres pays. (*Revue archéol.* 1er juillet 1860.) — [4] *Inscr.
Hisp. christ.* n° 225 ....ET DE ALIIS QVAM PLVRIMIS SCIS QORV NO-
MINA SOLA DEi SCIEnCIA COLIGIT; cf. *Inscr. chrét. de la Gaule*, n° 563, etc.
— [5] *Inscr. Hisp. christ.* n° 142 : DEMONSTRANTE DEO; Gruter, 1171, 4 : MONS-
TRANTE DEO DAMASVS SIBI PAPA PROBATOS. — [6] *Inscr. Hisp. christ.*
n° 125 : CHRISTI MORTE REDEMPTI; *Inscr. chrét. de la Gaule*, n° 478 : CRISTI
MORTE REDEMPTVS.

Les procédés de composition employés pour les légendes épigraphiques sont, en Espagne, ce que nous les voyons ailleurs.

Nos monuments nous ont déjà montré des faiseurs d'inscriptions, inhabiles à se servir des recueils écrits pour leur usage, défigurer, en les transcrivant, les vers contenus dans leurs modèles :

QVI FVERVNT INSIGNIS MERITIS

TRANSIERVNT AD VERAM REMEANS E CORPVRE VITAM

VTILITAS EVRVM (*eorum*) LAVDANDA NEMIS MIRANDA VOLVNTAS

voilà comment nos *Epigraphistæ*, ainsi que les nomme Sidoine Apollinaire[1], travestissent, en les copiant, ces textes métriques faciles à rétablir :

> Qui fuit insignis meritis.
> Transiit ad veram remeans e corpore vitam.
> Utilitas laudanda nimis miranda voluntas[2].

Une même inintelligence accuse, en Espagne, l'emploi des mêmes usages.

Ici, l'on gravera sur la tombe d'une femme ces mots évidemment tirés de la légende sépulcrale d'un chrétien :

HIC SITVS EST IVVENIS . . . . .

ECCLESIASQVE PETIT SECVRVS[3].

Ailleurs, ce sera un hexamètre dont le nom propre final, composé d'une brève et de deux longues, disparaîtra pour être remplacé par les mots *Vincenti abbatis*[4].

A côté de ces emprunts aux formulaires épigraphiques, les inscriptions métriques de l'Espagne présentent, comme celles des autres contrées, des vers copiés dans les œuvres célèbres. Avec ceux que M. Hübner cite comme tirés des poëmes de Martial, de saint Eugène de

[1] « Epigraphistarum næniæ. » (*Epist.* I, ix.) — [2] Pour ces exemples et pour d'autres encore, voir *Inscriptions chrétiennes de la Gaule*, préface, p. LXXV. — [3] N° 124. — [4] N° 142 : HAEC TENET ORNA TVVM VENERANDVM CORPVS VINCENTI ABBI

Tolède [1], je signalerai, pour ma part, dans cette épitaphe de la Bétique,

> RESPICIS ANGVSTVM PRECISA RVPE SEPVL
> CRVM HOSPITIVM BEATISSIMI HONORI ABBA
> TIS CAELESTIA REGNA TENENTIS [2]

une copie inintelligente de l'inscription écrite pour sainte Paule par saint Jérôme, et d'ailleurs reproduite dans une autre légende funéraire [3].

> ASPICIS ANGVSTVM PRAECISA RVPE SEPVLCRVM
> HOSPITIVM PAVLAE EST CAELESTIA REGNA TENENTIS [4]

La présence en Espagne d'inscriptions appartenant à des chrétiens venus d'autres contrées ramène mon attention sur une loi épigraphique dont les monuments de la Gaule m'ont paru attester l'existence. Les inscriptions des étrangers présentent souvent les formules particulières à leur patrie, et parfois cette circonstance permet de déterminer utilement la nationalité des personnages nommés sur les marbres antiques [5]. MM. de Rossi et Hübner [6] admettent avec moi l'existence, la migration des formules locales, et l'antiquaire romain s'en est récemment autorisé pour établir, dans un savant mémoire, la provenance d'une tuile à estampille trouvée dans les déblais de l'*Emporium* du Tibre.

Il ne sera pas toutefois inutile d'ajouter quelques preuves à l'appui de ma thèse.

Si les tombes des Orientaux morts dans nos contrées portent souvent, avec les formules AΠO... AΠO KWMHC...... usitées dans les pays de langue grecque [7], une date exprimée par les mots syro-macédo-

---

[1] N°s 65 et 158. — [2] N° 49. — [3] Bolland. 9 febr. t. II, p. 333 : RESPICIS ANGVSTVM PRAECISA RVPE SEPVLCRVM=HOSPITIVM ROMVLI LEVITAE EST COELESTIA REGNA TENENTIS. — [4] Hieron. *Epist.* LXXXVI, ad Eustochium — [5] *Inscriptions chrétiennes de la Gaule*, t. II, p. 467. — [6] De Rossi, *Bullett. arch. crist.* 1870, p. 30; Hübner, *Præfat.* p. VII. — [7] *Corpus inscr. græc.* n°s 3692, 9126; Brunet de Presle et Egger, *Papyrus grecs du musée du Louvre*, p. 255, 257, etc. Une tablette funéraire de l'Égypte grecque, que j'ai acquise à la vente de la collection Anastasi, porte les mots :

> Εις Διοσπο | λιν] Ηαμωντις υιος
> Ταπμ[ων]τις απο Πανδαρων

niens[1], la nationalité des défunts explique tout d'abord la présence de ces mentions hors d'usage en Occident, et je n'ai point à y insister.

Un autre trait non moins digne de remarque, au point de vue spécial qui m'occupe, appellera mon attention.

Pour ceux qui ont jeté les yeux sur les inscriptions du nord de l'Italie, une particularité apparaît tout d'abord : c'est la répétition de la formule, si rare partout ailleurs, CONTRA VOTVM, jointe à la mention de la mise au tombeau. Je la rencontre couramment à Turin, à Tortone, à Milan, à Brescia, à Cività di Friuli, à Aquilée, où païens et chrétiens l'emploient également. Une inscription trouvée hors de la contrée que je signale en fournit cependant un exemple ; mais on n'y saurait voir une exception, car le marbre de Rome où se lisent ces mots[2], et que l'on me permettra de transcrire, porte les mots *Civis Ticinensis*, indiquant de la sorte la patrie du défunt, en même temps qu'il offre une formule particulière à son pays :

E   D   M

ET·BONE·MEMORIAE·AVR·
LEVCADI·CIVI·TICINENSI·FILIO
AVR·GRECIONIS·QVI·VIXIT·ANNIS
PLVS·MINVS·XXV·ADFINIS·DE
PRENSVS·IN·LOCO·PEREGRE·CON
TRA·VOTVM·FIERI·CVRAVIT

Les quelques éléments de démonstration que nous fournit l'Espagne, à ce même point de vue, ne doivent pas être négligés.

Tandis que le formulaire chrétien supprime, dans les épitaphes latines, l'indication du père de celui qui n'est plus, cette même mention, si fréquente aux temps païens, dans les inscriptions grecques, y persiste quand vient le christianisme. Quelque rares que soient les épitaphes des premiers fidèles dans les pays de langue hellénique, nous pouvons cependant l'y constater[3], en même temps que le fait s'accuse, avec une netteté plus grande, par le nombre considérable des mentions du nom paternel sur les marbres chrétiens grecs de l'Occident[4]. Une épitaphe

---

[1] Hagenbuch, *Epistolæ epigraphicæ*, p. 365 ; Gori, *Inscr. Etrur.* t. III, p. 318 ; Osann, *Sylloge inscript.* p. 474, n° 9 ; *Inscr. chrét. de la Gaule*, n°ˢ 248 et 415 ; cf. Spon, *Miscellanea*, p. 1. — [2] Boldetti, *Osservazioni*, p. 441. — [3] *Corpus inscr. græcar.* n° 9447, cf. 9294 B et 9423. — [4] J'ai fait ressortir ailleurs, par des relevés statistiques, la diversité de coutume qui s'accuse, sur ce point, entre les chrétiens d'Orient et ceux de nos contrées. (*Inscr. chr. de la Gaule*, t. I. p. 125 ; t. II,

trouvée à Carthagène et consacrée à Thomas, fils d'Étienne, se joint à ces derniers, et atteste comme eux l'importation faite par des étrangers d'une formule inusitée dans le pays où ils ont cessé de vivre[1].

Deux fois seulement, l'indiction se présente sur les marbres de l'Espagne, où les dates épigraphiques procèdent d'un comput local. Qu'il s'agisse encore, dans ces deux cas, d'une importation de formule, les inscriptions mêmes où l'indiction figure ne permettent guère d'en douter. La première est l'épitaphe d'un chrétien grec, et, selon toute apparence, étranger dès lors au pays; la seconde, une légende dédicatoire de monuments construits sur l'ordre du patrice Comenciolus, envoyé, y est-il dit, de Constantinople, par l'empereur Maurice, pour une expédition contre les barbares[2].

Ce serait sans doute dépasser les bornes de cette étude toute sommaire que d'entrer ici dans le détail du style, des particularités propres aux marbres de l'Espagne; mais, pour ajouter un nouveau trait à l'histoire de la localisation des formules épigraphiques, il ne sera pas sans intérêt de noter ici les points de ressemblance que présentent entre elles les légendes de la Péninsule et celles de la Gaule méridionale. Mention du sacrement de pénitence à l'heure de la mort[3]; adoption de l'adjectif barbare BENEMEMORIVS, fait d'une soudure entre les mots BONAE MEMORIAE [4]; emploi de l'onciale pour écrire certains chiffres dans les inscriptions en lettres capitales[5]; dates par les années de l'ordination[6]; usage fait, à une basse époque, du mot RECESSIT, qui, en Italie comme dans nos provinces du nord, est, au contraire, la marque d'un âge ancien[7], voilà ce que présentent en même temps, et presque à l'exclusion absolue des autres contrées, les marbres chrétiens de l'Espagne et ceux de la Gaule du sud. C'est ainsi, je l'ai noté ailleurs, que des sigles particuliers aux épitaphes de la Cisalpine se retrouvent sur un marbre d'Antibes[8], concourant peut-être à montrer de même que le système de diffusion des formules lapidaires se règle moins sur les divisions politiques du sol que par des affinités de voisinage.

Adoptés d'abord par les chrétiens de Rome, les formules, les sym-

---

p. 604.) — [1] *Inscr. Hisp. christ.*, n° 178. — [2] *Ibid.* n°ˢ 176 et 289. — [3] *Ibid.* n°ˢ 33, 43, 54 117, etc.; *Inscr. chrét. de la Gaule,* n°ˢ 66, 623, 663. — [4] *Inscr. Hisp. christ.* n° 186; *Inscr. chrét. de la Gaule,* n°ˢ 611, 621, etc. — [5] *Inscr. Hisp. christ.* n°ˢ 2, 9, 12, etc.; *Inscr. chrét. de la Gaule,* n° 617. — [6] *Inscr. Hisp. christ.* n°ˢ 83, 110, 111, 116; *Inscr. chrét. de la Gaule,* n°ˢ 610, 617, 618. — [7] *Inscr. Hisp. christ.* n°ˢ 45, 66, etc; *Inscr. chrét. de la Gaule,* préface, p. xii. note 1. — [8] *Inscr. chrét. de la Gaule,* n° 622 C.

boles épigraphiques, se répandent lentement dans les provinces qui en
gardent l'usage longtemps après qu'ils sont abandonnés dans la métro-
pole du christianisme. Cette loi, dont nos monuments de la Gaule attestent l'existence, se trouve également confirmée par les marbres que
publie M. Hübner, avec ce trait de plus que ces derniers accusent parfois encore un retard sur ceux de notre pays. Il en est ainsi pour la Colombe, les monogrammes du Christ, l'A et l'ω, le Poisson, le mot
RECESSIT, qui se présentent dans la Péninsule longtemps après qu'ils ne
sont plus employés à Rome.

Devant la remarquable reproduction faite en Espagne des formules,
des symboles répandus sur les autres marbres de l'Occident, je dois
noter que le Vase et l'Ancre, si fréquents ailleurs, manquent absolu-
ment dans ce pays. Si la différence des lieux peut être invoquée pour
expliquer ce fait, il m'est toutefois difficile de ne pas remarquer que
l'absence de l'Ancre, ce signe constant du premier âge, celle des formules laconiques, s'accordent avec le peu d'antiquité qu'accusent les dates
exprimées sur les marbres de l'Espagne chrétienne.

En quelque lieu que j'aie, jusqu'à cette heure, rencontré, étudié des
monuments de l'espèce, une même pensée m'a toujours suivi, une même
déception m'a toujours attendu. Où sont, parmi ces légendes sans
nombre, celles des fidèles, celles des hérétiques? Des signes semblables
à ceux qui, le plus souvent, permettent de séparer avec certitude les
marbres des chrétiens de ceux des idolâtres, ne se révéleront-ils pas
quelque jour pour désigner à nos regards les monuments des catholiques? Nulle part peut-être plus qu'en Espagne on ne souhaiterait de
trouver la lumière; car, au moment où les inscriptions de la Péninsule
se montrent le plus nombreuses, Grégoire de Tours nous apprend que
le catholicisme avait presque entièrement disparu de ce pays [1].

En même temps que, dans l'immense désordre de l'invasion, s'y for-
maient des bandes de pillards et d'assassins, les hérésies s'y agitaient,
s'y développaient ardentes et nombreuses [2]. Sous leur influence, nous
disent saint Augustin et Paul Orose, les âmes chrétiennes eurent plus à
souffrir que les corps sous le glaive des barbares [3]. La plus redoutable
d'entre ces erreurs fut l'arianisme, adopté à la fois par les Suèves et
par les Wisigoths, et, sous le règne de Léovigilde, se fit une explosion

---

[1] Gregor. Turon., *Hist. Fr.* VI, xviii. — [2] S. Leo, *Epist.* xv, ad Turrib; Oros.
Consult. ad August., sive commonitorium de errore Priscillian. et Origenist. etc. —
[3] S. August. *Liber de origine animæ seu Epist.* CLXIII, c. 1, § 2; Oros. *Consult. ad
August.*

d'intolérance violente ; fraudes, menaces, embûches, exils, confiscations, exécutions capitales, tout fut mis en œuvre par les ennemis de l'Église [1], et si, comme le dit Grégoire de Tours, le catholicisme avait alors presque disparu du pays, une partie des marbres que nous possédons doit sans doute avoir été gravée par des ariens. L'important serait de les reconnaître ; mais, pour l'Espagne, comme pour la Gaule et l'Italie, la critique a été, jusqu'à cette heure, impuissante à dégager les inscriptions des hérétiques du milieu de celles des orthodoxes.

Ce n'est pas toutefois que les légendes lapidaires de la Péninsule n'aient été étudiées, interrogées à ce point de vue ; ce n'est pas que des particularités n'y aient été formellement signalées comme devant accuser la croyance de ceux dont les marbres nous ont gardé les noms ; mais, je dois le répéter ici, l'A et l'ω, que l'on a cités, ne sauraient désigner exclusivement les tombes des catholiques, puisque ces lettres figurent sur les monnaies de Constance, l'un des fauteurs les plus ardents de l'hérésie arienne. Je ne saurais donc partager, en ce qui touche ce symbole de l'éternité du Christ, l'opinion autrefois émise par Ramirez, Florez, et qu'accepte Millin [2].

Les mots ꝼAMVLVS DEI, si particulièrement fréquents dans les inscriptions de l'Espagne, ont été regardés de même par Florez comme une marque de catholicisme [3]. Mais, puisque la présence de l'A et de l'ω lui semblait constituer un élément de reconnaissance, le savant auteur de l'*España sagrada* eût dû plutôt, me semble-t il, tenir pour orthodoxes les chrétiens qui, reportant leur hommage vers le Sauveur, avaient fait graver sur les tombes la formule ꝼAMVLVS CHRISTI. Ici, toutefois encore, rien que de vague. Aussi bien que l'arien Rotharis, le catholique Liutprand n'inscrit que le nom de Dieu dans le prologue de ses Lois [4] ; et, d'ailleurs, les allures si mobiles de l'arianisme ne permettent point d'affirmer que ses adhérents aient toujours refusé de reconnaître le Christ comme égal à son Père [5].

En ce qui touche les mots relevés par Florez, je ne saurais, de plus, oublier que, dans l'histoire de leur passion, le donatiste Marculus et ses compagnons sont qualifiés *servi Dei* [6], et que l'application de ce titre,

---

[1] Greg. Turon., *Hist. Franc.*, VI, xxxix ; IX, xxiv ; *De glor. Mart.* LXXXI : Isid. Hisp. *De viris illustr.* c. xliii. — [2] Ramirez, dans Burchard, *Epist. ad Ciampin.* ; Florez, *España sagrada*, t. XIII, p. 169 ; Millin, *Voyage*, t. III, p. 167, etc. — [3] *España sagrada*, loc. cit. M. Révillout (*Histoire de l'arianisme chez les peuples germaniques*, p. 228) accepte cette opinion que rien n'appuie. — [4] Canciani, *Leges Barbarorum*, t. I, p. 63 et 106. — [5] Voir, pour le sentiment du roi Léovigilde, Grégoire de Tours, *Hist. Franc.* VI, xviii. — [6] Dans l'édition de saint Optat, Paris.

ainsi faite aux hérétiques africains, nous avertit de n'en rien conclure au point de vue de l'orthodoxie. Pour qui tente de reconnaître les inscriptions des catholiques, une grave difficulté se présente en effet : c'est la tendance familière aux sectes, comme aux partis politiques, et qui les porte à usurper les appellations de leurs adversaires. C'est ainsi que les donatistes se proclamaient les catholiques et que les ariens faisaient de même, cherchant à surprendre les âmes [1]. Montrer au grand jour, sur le marbre d'une inscription monumentale ou funéraire, l'expression de leur croyance, devait être loin de la pensée de ces hommes aux façons incertaines, qui avaient coutume de redire : « Celui qui passe entre les « autels des gentils et l'Église de Dieu ne saurait être reprochable de les « honorer également [2]. » Nous pensons comme vous, affirmaient-ils quand ils se trouvaient en face d'un vrai fidèle, et la nécessité d'en venir aux preuves les forçait seule à se démasquer [3]. Pour abuser les catholiques et détruire la foi, Léovigilde, cet impitoyable persécuteur, venait prier dans leurs églises, s'agenouillant aux tombeaux de leurs martyrs et proclamant le Christ Dieu et égal au Père; il ne se réservait, disait-il, que sur la divinité du Saint-Esprit [4]. Quelques-uns se laissaient tromper par de semblables manœuvres, et le nombre des ariens s'accrut, lorsque, par une ruse nouvelle, Léovigilde fit arrêter, dans une réunion d'évêques de sa secte, qu'au lieu de rebaptiser les nouveaux adhérents, on se bornerait à leur imposer les mains et à leur donner la communion, en prononçant cette formule sans portée apparente : « Gloire au Père par le « Fils dans le Saint-Esprit [5]. »

Ces procédés obscurs dans les actes extérieurs, dans les œuvres du prosélytisme, ne me laissent guère, je l'avoue, espérer que l'on puisse reconnaître, parmi tant d'autres, les épitaphes des ariens; mais, si les moyens nous doivent faire défaut pour retrouver leurs tombes, leur

1700, p. 305. — [1] Dans les *Gesta purgationis Felicis*, le donatiste Maxime parle ainsi : « Loquor nomine Seniorum christiani populi catholicæ legis. » Voir encore S. Aug. *Contra Gaudentiam*, l. II. c. ii, § 2; le symbole arien intitulé *Primus capitulus fidei catholicæ* (A. Mai, *Collectio Vaticana*, t. III, p. 233); Lactant. *Instit. div.* IV, xxx. L'usurpation du titre de catholique par les ariens fait comprendre comment Reccarède a pu dire, en parlant du clergé orthodoxe : « Sacerdotes illos qui se « catholicos dicunt » (*Hist. Franc.*, IX, xv), et aussi comment, lors de sa conversion, ce prince fut salué du nom de « Verus Catholicus. » (Labbe, *Concil.* t. V, p. 1002.) — [2] Greg. Turon. *Hist. Franc.* V, xliv. — [3] Greg. Turon. *Hist. Franc.* VI, xl. — [4] Greg. Turon. *Hist. Franc.* VI, xviii. — [5] Joh. Biclar. *Chronic.* dans Roncalli, *Vetust. lat. chronic.* t. II, p. 390; voir, pour l'administration du baptême arien, le récit des violences subies par Ingonde (Greg. Turon. *Hist. Franc.* V, xxxix).

souvenir, celui de leurs violences, existe dans cette inscription célèbre qui porte le nom d'Herménégilde, martyr de la foi catholique[1] :

☩ IN NOMINE DOMINI ANNO FELICITER SECVNDO REGNI DOM
NI NOSTRI ERMINEGILDI REGIS QVEM PERSEQVITVR GENETOR
SVS DŌM LIVVIGILDVS REX IN CIBITATE ISPA

Un autre monument me semble rappeler, bien que d'une façon moins directe, la fin des maux soufferts par les chrétiens d'Espagne sous le joug pesant des hérétiques : c'est la légende dédicatoire de trois églises élevées en l'honneur de la sainte Trinité[2], par un fidèle qui les fit construire de ses deniers et par les mains de ses seuls serviteurs[3]. La présence du nom de Reccarède, le premier roi wisigoth qui ait rejeté l'arianisme, et la proclamation, si rare sur les marbres, de la Trinité, objet constant de longues disputes entre l'Église et l'hérésie[4], concourent à faire de cette légende un monument de la délivrance dont elle porte, pour ainsi dire, la date.

Ce n'est point aux inscriptions des fidèles, dictées surtout par l'esprit de détachement, ce n'est point, dis-je, à ces brèves légendes, qu'il faut demander d'ordinaire des renseignements de détail sur l'histoire du pays où elles sont retrouvées. Pour qui sait la précieuse abondance des documents fournis, à ce point de vue, par les marbres païens, l'épigraphie chrétienne, si pauvre en inscriptions publiques, en titres de fonctions civiles, peut tout d'abord sembler muette. Plus applicable à l'histoire des idées qu'à celle des empires, elle représente avant tout l'es-

[1] *Inscr. Hisp. christ.* n° 76. — [2] N° 115 : HEC SCA TRIA TABERNACVLA IN GLORIAM TRINITATIS *individuæ?* (cf. Greg. Turon. *Glor. cf.* XIV), AEDIFICATA SVNT. — [3] CVM OPERARIOS VERNOLOS ET SVMPTV PROPRIO. Cette particularité, qui est un trait de l'histoire du temps, rappelle l'acte courageux de deux nobles espagnols, Didimius et Verinianus, qui, devant l'invasion des barbares, défendirent leur sol natal : « Plurimo tempore, servulos tantum suos ex propriis « prædiis colligentes, ac vernaculis alentes sumptibus. » (Oros. VII, 40.) — [4] S. Ambros. *De fide*, l. I, c. 1, § 10; *Hymn.* XI, *Sermo contra Auxentium*, § 34; Gennadius, *Illustr. vir. catal.* c. LXXXVII; Idat. *Chron.* a° 446 : « Ajax, effectus apostata et Senior « Arrianus, hostis catholicæ fidei et divinæ Trinitatis » (dans Roncalli, II, L) *Conc. Tolet.* III, profession de foi de Reccarède touchant la Trinité (Labbe, *Concil.*, t. V. p. 998; Greg. Turon. *Hist. Franc.* V, XXXIX et XLIV; IX, XV; *Glor. Mart.*, LXXXI; *Glor. Conf.* XIV, etc.

prit nouveau, les aspirations immatérielles de ceux dont le Maître avait dit : « Mon royaume n'est pas de ce monde. » Témoigner par des marques sans nombre de ce que fut l'état des esprits quand disparut, avec le paganisme, le colosse de la puissance romaine; attester l'influence du christianisme conservant l'art d'écrire, la langue latine et avec elle un pieux souvenir des lettres, dans ce temps où Grégoire de Tours nous les dit prêtes à disparaître [1], c'est là le prix des inscriptions laissées par les premiers fidèles. Mais, quel que soit le silence ordinaire de ces monuments sur les choses terrestres, les grands faits de l'histoire contemporaine y ont imprimé, y ont laissé leur marque. En Espagne surtout, chaque époque nouvelle y est représentée : l'âge des persécutions païennes, par les nombreuses listes lapidaires où figurent les noms des vieux martyrs [2]; le temps des premiers empereurs chrétiens, par une de ces *tabulæ patronatus* que les provinces, les villes, offraient parfois à leurs anciens magistrats [3]; la domination des Goths, par le nom de leur race inscrit sur les marbres [4], la diffusion des vocables germaniques, les nombreuses légendes datées du règne des rois barbares [5]; les persécutions ariennes par la célèbre légende de Séville qui mentionne à la fois la royauté éphémère d'Herménégilde et les maux soufferts par ce prince [6]; le triomphe de la foi catholique que rétablit le roi Reccarède [7]; la piété de ses successeurs fondant de nombreux sanctuaires, relevant ceux que les musulmans avaient détruits ou pollués, les ornant de riches offrandes, croix, cassettes, couronnes d'or et de pierres précieuses [8]; le retour des Impériaux en Espagne [9]; les luttes acharnées où des peuplades voisines s'égorgeaient, comme aux temps homériques, pour arracher aux mains de l'ennemi le cadavre d'un chef tombé dans le combat [10]; voilà ce que rappellent nettement les inscriptions chrétiennes de la Péninsule. Pour se produire plus tard sous une forme indirecte, leur témoignage n'a pas alors moins de valeur. La suppression subite des marbres chrétiens dans les contrées du sud, dès l'heure de l'invasion arabe, leur migration dans les provinces demeurées aux mains des défenseurs du sol, montrent assez, pour un temps où les œuvres littéraires font défaut, ce que fut la prétendue prospérité des fidèles asservis, ce que vaut, à ce point de vue, le système de Gibbon et de ceux de son école.

<hr>

[1] *Præfat. ad Hist. Francor.* — [2] Nᵒˢ 57, 80, 85, 88, 110, 111, 126, 175, etc. — [3] Nᵒ 127. — [4] Nᵒˢ 2 et 23 A. — [5] P. 110. — [6] Nᵒ 76. — [7] Nᵒ 115. — [8] Nᵒˢ 145, 149, 159 à 163, 256, 259. Voir la magnifique publication intitulée *Monumentos arquitectonicos de España*, t. I et II. — [9] Nᵒ 176. — [10] *Inscr. Hisp. christ.* nᵒ 123.

En codifiant pour la première fois les inscriptions chrétiennes de l'Espagne, M. Hübner a doté l'histoire générale d'un large supplément de témoignages, en même temps que son recueil apporte, pour l'étude des premiers temps de l'Église, pour celle du latin de la décadence une réunion de textes originaux dont chacun comprendra la valeur.

La publication des marbres de la Péninsule nous rendra, je veux l'espérer, un service d'une autre nature.

Dans la section où le savant berlinois entreprend l'œuvre parfois délicate de séparer le bon grain de l'ivraie, M. Hübner n'hésite pas à ranger, et cela avec toute raison, parmi tant d'autres inscriptions supposées les prétendus monuments qui célèbrent l'anéantissement du christianisme en Espagne par Néron et par Dioclétien [1]. Peut-être son jugement nous vaudra-t-il enfin le rejet de légendes signalées depuis si longtemps comme suspectes par les meilleurs critiques [2], et qui cependant reproduites, commentées, invoquées sans cesse jusqu'à cette heure fourniraient aujourd'hui la matière d'une interminable bibliographie.

[1] *Corpus inscriptionum latinarum*, t. II, Inscriptiones falsæ, p. 25* et 26*, n°ˢ 231*, 233* et 234*. — [2] Tillemont, *Hist. ecclés.* t. II, p. 77; lettre d'Hagenbuch, dans Donati, *Suppl. ad nov. Thesaur. Murat.* p. 103, 104, etc.